RHEWFYD

RILY

CW00798083

Safai teyrnas Ariandir ar lan llyn dwfn. Roedd e'n lle hapus iawn. Yn y nos, roedd Goleuni'r Gogledd yn creu patrymau hardd yn yr awyr.

Ond roedd y brenin a'r frenhines yn poeni.

Roedd gan eu merch hynaf, Elsa, bwerau hud. Roedd hi'n gallu rhewi pethau a chreu eira, hyd yn oed yn yr haf!

Roedd eu merch ieuengaf, Anna, yn caru ei chwaer fawr. Roedd y ddwy wrth eu bodd yn chwarae gyda'i gilydd yn y rhew a'r eira.

Un noson, ar ddamwain, dyma Elsa'n taro Anna gyda swyn hud.

Aeth y brenin a'r frenhines â'r merched at y corachod hud ar frys i gael help.

Dywedodd y corachod y byddai Anna'n gwella, ond y byddai pwerau Elsa'n mynd yn gryfach. Roedd angen dysgu iddi sut i'w defnyddio'n ofalus.

Yn ôl yn Ariandir, roedd Elsa'n ei chael hi'n anodd rheoli ei phwerau. Cadwai draw wrth Anna, er mwyn i'w chwaer fach fod yn ddiogel.

Roedd y corachod wedi newid atgofion Anna. Doedd hi ddim yn cofio am swyn hud Elsa. Yn lle hynny, roedd hi'n credu nad oedd Elsa eisiau dim i'w wneud â hi.

Tyfodd y ddwy yn oedolion. Erbyn i Elsa ddod yn frenhines, doedd y ddwy chwaer ddim yn agos o gwbl.

Teimlai Anna'n unig iawn.
Felly, roedd hi wrth ei bodd
pan gwrddodd â thywysog
golygus, y Tywysog Hans.

Roedd Anna a Hans yn hoffi ei gilydd yn syth.

Gofynnodd Hans i Anna ei briodi ac fe gytunodd hi. Ond roedd Elsa'n grac. "Dwyt ti ddim yn ei nabod yn ddigon da. Alli di ddim ei briodi."

"Ond rydw i'n unig! Rydw i eisiau cwmni!" llefodd Anna.

Yna, wrth i Elsa wylltio, saethodd rhew o'i llaw – o flaen pawb!

Roedd ofn mawr ar Elsa. Roedd hi'n poeni bod pawb yn gwybod am ei chyfrinach ac y byddai hi'n brifo rhywun. Aeth o'r castell ar frys. Rhewodd popeth y tu ôl iddi wrth iddi redeg i ffwrdd.

Dringodd Elsa i'r mynyddoedd. Roedd hi'n teimlo'n well yno. Roedd hi ar ei phen ei hun ac yn gallu defnyddio'i phwerau'n iawn am y tro cyntaf. Dyma hi'n creu patrymau o eira a rhew, a phalas o rew, hyd yn oed!

Roedd Elsa'n hapus o'r diwedd!

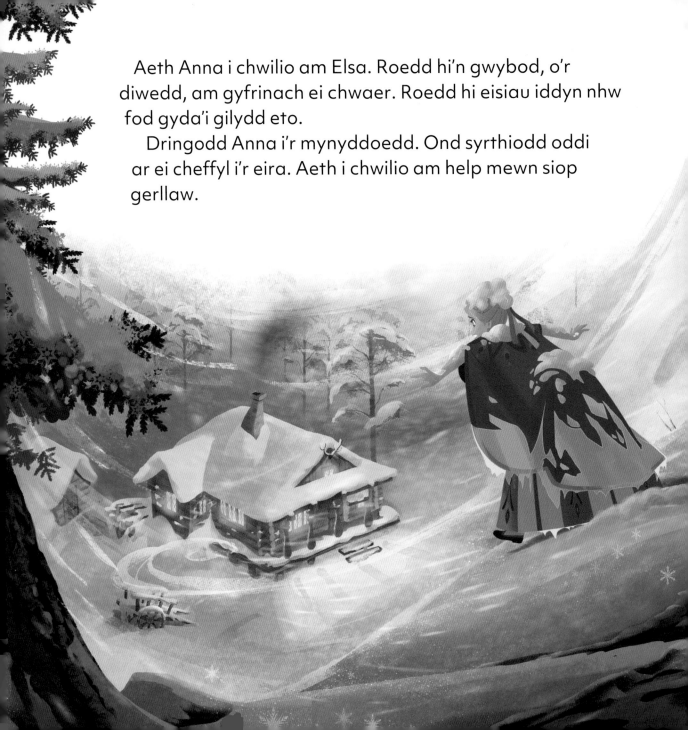

Aeth Anna i chwilio am Elsa. Roedd hi'n gwybod, o'r diwedd, am gyfrinach ei chwaer. Roedd hi eisiau iddyn nhw fod gyda'i gilydd eto.

Dringodd Anna i'r mynyddoedd. Ond syrthiodd oddi ar ei cheffyl i'r eira. Aeth i chwilio am help mewn siop gerllaw.

Yn y siop, dyma Anna'n cwrdd â dyn ifanc. Roedd e wedi rhewi o'i gorun i'w sawdl! Roedd y dyn ifanc yn grac. Ei waith oedd casglu rhew, ac roedd storm eira ganol haf yn ddrwg i'w fusnes.

Ond roedd e'n gwybod o ble roedd y storm yn dod. Gallai e fynd ag Anna at Elsa!

Cristoff oedd enw'r dyn ifanc. Talodd
Anna iddo fynd â hi i Fynydd y Gogledd
er mwyn dod o hyd i Elsa. Aeth ei garw,
Sven, gyda nhw hefyd.

Wrth iddyn nhw gyrraedd copa'r mynydd, gwelodd Anna,
Cristoff a Sven olygfa hardd. Roedd Elsa wedi taflu blanced
o rew disglair dros bopeth.

Roedd Elsa wedi
creu dyn eira hefyd, ac
roedd y dyn eira'n fyw!

Olaff oedd enw'r dyn eira. Roedd e'n hapus
dros ben fod Anna'n mynd i drio dod â'r haf
yn ôl. Hoffai'r syniad o dywydd braf.
Cynigiodd Olaff fynd â nhw at Elsa.

Wrth iddyn nhw gerdded, gwelson nhw'r palas rhew gwych roedd Elsa wedi'i greu gyda'i phwerau hud.

Roedd Anna'n meddwl bod pwerau hud Elsa a'r tŵr rhew yn anhygoel. Ond roedd hi wir eisiau i Elsa ddod adref.

Roedd Elsa'n poeni bod pobl Ariandir yn anhapus gyda hi. Ac roedd hi'n poeni byddai hi'n eu brifo nhw gyda'i hud.

Cwerylodd y ddwy chwaer. Doedd Elsa ddim yn trio brifo Anna, ond dyma hi'n ei tharo gyda fflach o rew.

Yna, dyma Elsa'n creu dyn eira arall o'r enw Malws Melys.
Roedd e'n fwy o lawer nag Olaff.

Cododd y dyn eira anferth ofn ar Anna, Cristoff, Sven ac Olaff
a dyma nhw'n gadael y mynydd ar frys!

Ar ôl iddyn nhw ddianc, sylwodd Cristoff fod gwallt Anna yn troi'n wyn. Aeth Cristoff â hi at y corachod. Roedd e'n gobeithio y bydden nhw'n gallu helpu Anna fel o'r blaen.

Dywedodd y corachod fod Elsa wedi rhewi calon Anna. Cyn hir, byddai hi'n rhewi'n llwyr! "A dim ond cariad pur sy'n gallu toddi'r rhew yn ei chalon," meddai'r corachod.

Aeth Olaff a Cristoff ag Anna yn ôl i Ariandir ar frys. Roedden nhw eisiau i Hans roi cusan o gariad pur iddi.

Yn ôl yn Ariandir, roedd y Tywysog Hans wedi bod yn helpu pawb yn ystod y storm. Yna, cyrhaeddodd ceffyl Anna yn ôl i Ariandir – heb Anna!

Aeth Hans a chriw allan i chwilio am Anna ... ond fe ddaethon nhw o hyd i Elsa gyntaf. Roedd y dynion yn gas wrth Elsa. Roedden nhw'n meddwl ei bod hi'n beryglus. Aethon nhw â hi'n ôl i Ariandir a'i rhoi hi yn y carchar!

Aeth Cristoff ag Anna yn ôl i Ariandir. Ond doedd Hans ddim eisiau rhoi cusan iddi. Doedd e ddim yn ei charu hi! Roedd e eisiau priodi Anna er mwyn cael rheoli Ariandir.

Torrodd Anna ei chalon. Ond roedd Olaff yn gwybod bod Cristoff mewn cariad gydag Anna. Felly, gallai cusan Cristoff ei hachub hi. Wrth i Anna gerdded at Cristoff, gwelodd fod ei chwaer mewn perygl ...

Taflodd Anna'i hun o flaen Elsa, a rhwystro cleddyf Hans rhag taro'i chwaer.

Ond trodd Anna'n dalp o rew.

Taflodd Elsa ei breichiau o gwmpas Anna a chrio. Doedd hi ddim eisiau colli ei chwaer.

Yn sydyn, dechreuodd Anna doddi. Roedd Elsa wedi dangos cariad pur tuag at ei chwaer ac felly roedd y swyn wedi cael ei dorri!

Yna, gyda help Anna, llwyddodd Elsa i ddod â'r haf yn ôl.

Dyma'r ddwy chwaer yn addo caru ei gilydd am byth. Cafodd Elsa groeso mawr gan bobl Ariandir pan ddaeth hi adref.

Penderfynodd Cristoff aros yn Ariandir, ac Olaff hefyd – gyda help pwerau hud Elsa.

Roedden nhw i gyd gyda'i gilydd, ac yn hapus o'r diwedd.